श्रेया जैक कोश्यारी

First Published in February 2020

ISBN: 978-81-945044-7-4

BLUE ROSE PUBLISHERS
www.bluerosepublishers.com
info@bluerosepublishers.com
+91 8882 898 898

Cover Design:
Vandana Kanyal

Typographic Design:
Teena Maurya

Distributed by: Blue Rose, Amazon, Flipkart, Shopclues

दिल से निकले कुछ शब्द

विषय सूची

कुछ पूरा पूरा लगता है यहाँ आकर,

कुछ पूरा पूरा लगता है यहाँ आकर
के यहाँ की रोशनी मेरे खालीपन को भरती है।
यहाँ की हवा में वो नमी है
जो मेरे अंदर की कमी को पूरा करती है।
यहाँ के लोगो के चेहरों पर जो मुस्कुराहट है
वो कुछ अपनी अपनी सी लगती है।
यहाँ के संगीत के हर राग मे ऐसा लगता है,
के हर अल्फ़ाज़ मेरी ही कहानी बयान करता है।
ये जगह से, इस महफ़िल से
कुछ तो नाता पुराना लगता है।
हर ढलती शाम के साथ जो मुसाफिर यहाँ आते हैं,
उनकी आँखों की चमक से ये मंजर हसीन लगता है।
यहाँ के माहौल में कुछ अजब ताजगी है
जो दिल को दिल से जोड़ती है।
मेरी हर मुस्कान में साजिश इस मौसम की होती है।
कुछ पूरा पूरा लगता है यहाँ आकर,
मन को सुकून मिलता है यहाँ आकर।

वो तुम हो

लोगों के साथ तो वक़्त मेरा कट ही जाता है,

लेकिन जिसके साथ मैं वक़्त को जीना चाहती हूँ, वो तुम हो।

लम्हों का क्या कहूं, वो तो गुजर ही जाते हैं,

पर उन लम्हों में मैं जिसके साथ रहना चाहती हूँ, वो तुम हो।

शामें तो ढल ही जाती हैं

पर जिसके साथ मैं अपनी शामें यादगार बनाना चाहती हूँ,

वो तुम हो।

राहों में राहगीर तो मिल ही जाते हैं,

पर जिसके साथ मै अपनी राहों को मंज़िल में बदलते हुए देखना चाहती हूँ,

वो तुम हो।

यादों का संग्रह

यादें कभी पास आने का बहाना होती हैं
तो कभी दूर जाने की मजबूरी होती है।
ये आधी हों तो भी पूरी लगती हैं
और पूरी हो तो अधूरी लगती हैं।
या तो ये संगम का दरिया होती हैं
या किसी से अलग होने का बहाना,
ये तो रातों में खुश होने का जरिया होती हैं
या किसी के टूटे ख्वाबों में जीने का ठिकाना।
ये कभी आँखों में पानी की वजह होती हैं,
या कभी सीने में आग लगाती हैं।
ये या तो किसी की हँसी चुराती हैं
या किसी की झोली में बेहिसाब खुशियां भर देती हैं।
ये किसी को याद करने की तलब बन जाती हैं,
तो कभी किसी को भुलाने का एहसास।
कभी दूर कर देती हैं खुद से खुद को
कभी बुला लेती हैं अपने पास।
ये यादें ही तो हैं जो भर देती है जीवन को एक रोमांच से,
कभी देखा है जिंदगी को तपते हुए यादों की आंच पे?

आँसू

ये आँसू प्यार की निशानी हैं
बयान करते ये तेरी मेरी कहानी हैं।
ये आँसू गवाह है कि मैंने अपना प्यार शिद्दत से निभाया था,
तुमको तुम्हारे बुरे वक्त में भी बेइंतहा चाहा था।
ये आँसू एक अनमोल तोहफा है
जिनको मैं अकेलेपन में साथ रखता हूँ,
जिनको बहाकर मैं खुद को बिल्कुल तन्हा नही पाता हूँ।
कभी कभी सोचता हूँ अगर तुमने मुझे ये आँसू न दिए होते तो
मैं तन्हाई में किसके सहारे वक़्त काटता,
बड़ी हैरानी होती है ये जानकर की आँसू भी मेरा प्यार भाँप गए,
पर एक तुम ही थे जो मेरी इबादत से अनजान रह गए।
प्यार के हर मोड़ पर तुमने मुझे आंसुओ से नवाजा है,
पर तुम्हारे कोमल चेहरे पर गम की एक लकीर भी आये,
ये मुझे नही गवारा है
आँसुओ का जाम इस कदर पिया है मेरी आँखों ने
के हर नशे में तुझे ही पाया है इन बेसहारा आँखों ने।

मेरे दोस्त

मेरे दोस्तों के बारे में क्या कहूँ
वो तो जान हैं,
जिंदगी में बिन बुलाए मेहमान हैं।
हँसाते हँसाते आँखों मे आँसू ला देते हैं
और आँसुओ को हँसते हँसते बिदा कर देते हैं।
ये जो मेरे यार हैं
इनमें बसते मेरे जज़्बात हैं,
हर शरारत में ये देते मेरा साथ हैं।
बिना मुलाक़ात किए भी ये रहते मेरे दिल के पास हैं।
इनका एहसास रहता मेरे आस पास है।
दूर जाने के दिन जैसे जैसे करीब आ रहें हैं,
हम उतना ही एक दूसरे के समीप आ रहें हैं।
एक साथ कई यादें इकठ्ठा कर रही हूँ इन नमूनों के साथ,
बितानी है इनके सहारे एक तारों से भरी हुई रात।
जहाँ सिर्फ हम होंगे
और हमारी ख्वाइशें होंगी,
जहाँ हम आज़ाद होंगे
न कोई बंदिशे होंगी।
जिंदगी की उम्र इनके साथ ही काटनी हैं,
हर बात इनके साथ बाँटनी है।
जो गुजर गए लम्हें उनका तो पता नही

पर आगे आने वाली जिन्दगी इनके साथ ही बितानी है।
कुछ शब्द बयान नही कर सकते हमारा याराना,
हर पल में याद करें जी के, ऐसा बनाना है अपना दोस्ताना।

मेरा नाता इस शहर से टूट सा गया है

मेरा नाता इस शहर से कुछ टूट सा गया है
जबसे तू मुझसे रुठ सा गया है।
नहीं भाता मुझे यहाँ का मौसम
न ही यहाँ की सर्द हवाएं,
भुलाने को इतना कुछ है
पर फिर भी यहाँ की शामें रह–रहकर याद आए।
इन राहों पर नही चलना चाहती अब मैं
जो मुझे तेरी याद दिलाएं,
रो रोकर जो काटी हैं रातें
वो अब कभी न वापिस आएं।
दिन चढ़ते ही जुबान पर तेरा नाम चढ़ जाता था,
दिन ढलते ही ये बुखार और तेज़ हो जाता था,
क्या करूँ, इसके सिवा और कोई काम मुझे न आता था।
जो रोज रोज की लड़ाईयां थी
वो भी इस पहर में शामिल थीं,
तेरे साथ हर वक़्त में अपनी अलग महफ़िल थी।
जो उठ जाती हूं कभी कभी इन सपनों से,
याद आते हैं वो दर्द जो मिले मुझे अपनों से।
मेरा दम अब इस शहर में इन यादों के बीच घुट सा गया है,
मेरा नाता इस शहर से टूट सा गया है।

तू एक कयामत है

तू एक क़यामत है
जिसे दुनिया पढ़े वो आयत है
रह नही पाता जिसके बगैर वो आदत है।
दिल जो करे, वो बग़ावत है
दिल जिसमे पड़ जाए
तू वो आफत है।
कई सालों से इश्क़ में कमाई हुई तू मेरी अमानत है
मोहब्बत की सज़ा मे तू मुझे मिली जमानत है,
मैंने बड़े अरसों से रखा तुझे अपनी यादों में सलामत है।
खुदा ने क्या खूब बनाई तेरी बनावट है,
ये एक दिन की नही, कई जन्मों की मेहनत है।
तू ऊपर वाले कि बरसाई हुई मुझ पर रहमत है,
तेरे ख्वाब देखकर मैने अपनी बंजर पड़ी जिंदगी को बनाया जन्नत है।

अभी तो रात जवाँ है

अभी तो रात जवाँ है
अभी कुछ हुआ ही कहाँ है,
अभी तो तुम अपनी जुल्फों को झटक कर इस रात को और रंगीन बनाओगी।
अभी तो तुम अपने जिस्म की खुशबू में लिपटकर इस रात को और मेहकाओगी।
अभी तो तुम अपनी कजरारी कनखियों से देखकर इस दिल का कत्ल–ए–आम करोगी।
अभी तो तुम अपने रसीले लबों से दो प्यार भरे बोल बोलकर हमें अपने आग़ोश में लोगी।
अभी तो तुम अपनी कातिल मुस्कुराहट से अपना दीवाना बनाओगी।
अभी तो तुम अपनी पायल की राग से हमारे कानों में मधुर संगीत घोलोगी।
अभी तो तुम इस लम्बी चुप्पी को तोड़ोगी।
अभी तो तुम हमें अपना परवाना बनाकर रात भर जलाओगी।
अभी तो तुम अपनी चूड़ियों की खनखन से हमें नींद से उठाओगी।
अभी तो रात जवाँ है
अभी कुछ हुआ ही कहाँ है।

हिज़ाब

हिज़ाब डालना ही है तो अपने गुरुर पर डालो जो इंसानियत का वजूद तोड़ देता है।
अगर खफा ही होना है तो अपनी जुबान से हो जो दूसरों का दिल तोड़ती है।
कुछ गिरवी रखना ही है तो अपनी भावनाओं को रखो जिनसे पूरी दुनिया खरीदी जा सकती है।
किसी को अलविदा बोलना ही है तो अपने एहसासों को बोलो जो तुम्हारा जीना दुशवार कर देते हैं।
किसी को गले लगाना ही है तो खुदा को लगाओ जो तुम्हे मुश्किल लम्हों में जीने का तजुर्बा देता है।
अगर घूँघट उठाना ही है तो अपनी जिंदगी में छुपी खुशियों का उठाओ जिनसे तुम अभी तक बेखबर थे।
अगर मोहब्बत करनी है तो अपने दिल से करो जो दूसरों के लिए प्यार संजो के रखता है।

याद है तुमको

वो रात याद है तुमको
वैसे तो हर रात हम साथ ही होते थे
पर क्या वो रात याद है तुमको
जब हमने हाथ पकड़कर
एक दूसरे का साथ निभाने की कस्में खाई थीं।
जब हमने टूटते तारे से अपने सारे जन्म एक साथ बिताने की ख्वाइश मांगी थी।
याद तो है ना तुमको वो रात
जब चाँद अपनी चाँदनी और मैं अपनी संगिनी से प्यार का इज़हार कर रहे थे।
जब हमने वादा किया था इस दुनिया की बेबुनियाद रस्मों से हमारा प्यार कभी कम न होगा।
याद है जब जुगनुओं की रोशनी में मैंने तुम्हें अपनी दिल की बात बताई थी।
याद करो जब रात की रानी हवाओं में अपनी खुशबू बिखेर रही थी तब तुम अपनी शर्मीली आँखों से मेरी तस्वीर अपने मन मे उतार रही थी।
याद नही तो याद करो क्योंकि तुम्हारे साथ बिताई वो रात तुम शायद किसी और के हिस्से मे डाल रही हो।

मेरी जिंदगी की आशा- आशा पारेख

आपकी एक मुस्कुराहट पर जान निसार है
आपके चाहने वाले इस जहाँ में बेशुमार हैं।
आँखों के सुरमई काजल से घायल कर देने वाली अदा को कायम रखा है आपने,
इन होठों की मुस्कुराहट से सबको अपना बना लिया है आपने।
चाँद की रोशनी, सूरज का तेज़
सब आपके अंदर समाया है,
तारे आसमान में सब अचंभित होकर बोले,
ये आकाश में आज दूसरा चाँद कहाँ से आया है?
कभी जो आपसे रूबरू हो पाऊँ
तो आपकी तशरीफ़ में अपने सारे नगमे फरमाउ
ज्यादा ख्वाइश नही है मेरी
बस आपसे मिलकर अपनी ज़िंदगी में चार चाँद लगा जाऊ।

वो एक बार फिर हमसे रुठ से गये हैं

वो जो अक्सर रूठ के मान जाया करते थे
वो आज थोड़े से टूट से गये हैं
लो वो एक बार फिर हमसे रूठ से गये हैं।
वक़्त का कहर कुछ ऐसा पड़ा
की हमें इस रिश्ते को खुद से दूर करना ही पड़ा
के किसी ने हमारे बीच फूट बोये हैं
लो वो एक बार फिर हमसे रुठ से गये हैं।
कहना चाहते थे बहुत कुछ
बयान करना चाहते थे बहुत कुछ
की खुदा माना था उन्हें
खुद से ज्यादा जाना था उन्हें
के आज दिल के काँच टूट से गये हैं
लो वो एक बार फिर हमसे रूठ से गये हैं।
जिनकी चुप्पी को अक्सर हम तोड़ दिया करते थे
आज उसी चुप्पी ने मुझे तोड़ दिया है
इन घटते लम्हों के साथ
आँखें कुछ नम सी हो गयी हैं
इस दिल के फासे मे आकर हम लुट से गये हैं
लो वो एक बार फिर हमसे रूठ से गये हैं।
तन्हा अब वक्त कटता नही है
ये कम्बख्त वक़्त भी आगे बढ़ता नही है

साये जो जोड़े थे जिनके
वो एक बार फिर टूट से गये हैं
लो वो एक बार फिर हमसे रूठ से गये हैं।
अजब सा नशा चढ़ा है उनको मनाने का
के खुद को उनका बनाने का
के हमारे रास्ते फिर मुड़ से गये हैं
लो वो एक बार फिर हमसे रूठ से गये हैं।

लौटकर तू न आया

लौटकर तू न आया
संग रह गया मेरे साथ तेरा बस साया
पर लौटकर तू न आया।
कैसी तन्हाई ये पल ले आया
अब तो किस्सा ही बन कर रह गया मिलना तेरा मेरा
ये वक़्त फिर से तेरा पैगाम ले आया
पर लौटकर तू न आया।
तेरे साथ मेरा सुकून भी चला गया
पर लौटकर तू न आया।
आ गए हमार
हमारे दरमियां ये गिलि
के फिर कभी न हम मिले
ये पल फिर मुझे उस राह पर ले आया
पर लौटकर तू न आया।
मैं नही हूँ तेरे पास
पर तू अभी भी मौजूद है मेरे आस पास
तेरे साथ चली गयी वो सख्त
धूप की नरम छाया
पर लौटकर तू न आया।
यूँ कहूं कि तेरा पता ढूंढते ढूंढते मैं खुद ही गुम गयी हूँ

इस खामोशी के शोर में सुन्न पड़ गयी हूँ
के उस सजी महफ़िल से मैं कभी वापिस न आ पाया
पर बावजूद इसके, लौटकर तू न आया।

दिल का मोहल्ला

दिल के मोहल्ले में आओ कभी
फ़ुर्सत से बाते करेंगे
एक साथ बैठकर पुरानी यादें ताज़ा करेगें।
तुम रहना मेरे आस पास कहीं
ये आँखें जो गुफ़्तगू करेंगी
उनको हम एक साथ पढ़ेंगे।
साँस से साँस मिलाकर
जो आवाज़ इस माहौल को घेरेगी
उस आवाज़ को हम सुनेंगे।
हाथों की गर्माहट से जो
ये लकीरें अपनी कहानी बयान करेंगी
उस कहानी को एक साथ नया अंजाम देंगे।
रोज रोज के किस्सों में जो लम्हें गुम जायेंगे
उन लम्हों को एक साथ जियेंगे।
बातों बातों में जो तेरी हँसी छूट जाया करती है
उस हँसी को टटोलेंगे।
तेरी इन्हीं छोटी छोटी आदतों के सहारे हम अपनी ज़िंदगी
काट लिया करेंगे।

तेरे जिस्म की खुशबू

तेरे जिस्म की खुशबू से महकते फूल गुलाब के
अब तो नशा हो जाता है बिना शराब के,
तेरी सूरत से चाँद में नूर आता है
अब तो तू मेरे ख्यालों में जरूर आता है।

कभी कभी जो इश्क़ की बरसात होती है, तो हम भी भीग जाते हैं नहीं तो पूरा साल इसी बरसात के इंतजार में गुजर जाता है।

वैसे तो राह में अकेले ही चल पड़ते हैं पर जब किसी को बाँह में बाँह डाले सफर काटते हुए देखते हैं तो तुम्हारे इंतज़ार में ये दिल रुक जाता है।

तेरी यादों के जनाज़े में अकेले ही चल पड़ता हूँ, कोई और इसका हिस्सा बने ऐसा दिल हरगिज नही चाहता है।

उन्होंने मुस्कुरा कर जो देखा हमें

उन्होंने मुस्कुरा कर जो देखा हमें
हमारा कत्ल–ए–आम हो गया
मैं उसके प्याले में भरा हुआ जाम हो गया।
एक नजर जो पड़ी उन पर
ये दिल उन पर निसार हो गया
यूँ ही नही मैं प्यार में बदनाम हो गया।
कभी तन्हा रहा तो कभी उनकी अदाओं का गुलाम बन कर रहा,
ये दिल उन्हें उम्र भर प्यार के पैगाम भेजता रहा।
न समझे वो, न कोशिश की समझने की,
वो तो बस इंतज़ार करते रहे बात बिगड़ने की।
कितना सहता रहा मैं सितम इस एक तरफा प्यार में,
के खुद को भी बेच दिया इस मोहब्बत के बाज़ार में।
कभी झूठ कभी फरेब
क्या क्या नही चलता है दिलों के इस व्यापार में।
चलो सब जाने भी दो,
जो न हुआ मेरा वो होगा और किसी का,
मिलो फिर मिल के बिछड़ो
यही तो खेल है जिंदगी का।

मुझे अच्छा लगता है

तेरा बात बात पर यूँ मुस्कुराना
मुझे अच्छा लगता है
तेरा यूँ हँसकर इतराना
मुझे अच्छा लगता है
तेरा मुझे रोते रोते गले लगाना
अच्छा लगता है
तेरा मुझे मेरी गलतियों पर सिखाना
अच्छा लगता है।
तुझे अरसा हुए गये हुए
पर तेरा इंतज़ार करना मुझे अच्छा लगता है
तूने जो दर्द दिए उन्हें याद करके रोना अच्छा लगता है
तू आएगी इस उम्मीद में सोना अच्छा लगता है।
मान लिया है तूने मुझे पराया पर
तुझे अपना मानकर रोज अपने ख्वाबों को सजाना अच्छा लगता है।
तेरी पहचान को अपनी आँखों मे बरकरार रखना अच्छा लगता है।
तेरे अश्कों में खुद की आँखों को भिगाना अच्छा लगता है,
बीते हुए किस्सों को याद करके हँसना अच्छा लगता है।
जुदाई का समय आ गया है
रिहाई का समय आ गया है

रिहाई तेरी यादों से
जुदाई तेरी बातों से,
पर तेरे नशे में चूर रहना मुझे अच्छा लगता है।

अब खुद को तन्हा न होने देंगे

कभी गलती से बातों में जिक्र हुआ तेरा
तो वो बात वहीं खत्म कर देंगे
हाँ हम अब खुद को और तबाह न होने देंगे।
प्यार था, पर तू जान न सका
तू मुझे पहचान न सका
अब कभी यादों ने दरवाजे पर दस्तक दी तो वो दरवाजा हम
किसी को न खोलने देंगे
हाँ हम खुद को और तबाह न होने देंगे।
कभी फुर्सत मिले तो लोगों से पूछना
किस तरह डूबे थे हम तेरे इंतज़ार में
घूमता रहा आवारा की तरह हर गली हर बाजार में
अब कभी भी तकिये को अपने आँसुओं से गीला न होने देंगे
हाँ हम खुद को और तबाह न होने देंगे।
तुझको याद, तुझको याद,तुझको याद
बस यही करता था मैं दिन से रात
पर तुझे मेरी बेचैनी की ख़बर तक न हुई
तुझसे और क्या उम्मीद रखूं
जब तुझे मेरी कदर तक न हुई
अब कभी खुद को जाम का प्याला लबों से नही लगाने देंगे,
हाँ हम अब खुद को और तबाह न होने देंगे।
अब से दिल को खुश रखेंगे

दूसरों के दर्द में शामिल रहेंगे

किसी को जो कभी जरूरत पड़ी

तो उसके हमदर्द बनेंगे

पर अब किसी से अपना दर्द नही बाटेंगे

हाँ हम अब खुद को और तबाह न करेंगे।

खुद के करीब आना सीखा है

तुमसे जो दूर गये तो खुद के करीब आना सीखा है
तुमको भुलाकर खुद को प्यार करना सीखा है
जो कभी भुलाये नही जाते थे
उन लम्हों को भुलाना सीखा है
तुमसे जो दूर गयी तो खुद के
करीब आना सीखा है।
जो अधूरे वादे किए थे खुदसे
उनको निभाना सीखा है
खुद को इस अंधेरे में तराशकर
एक हीरा बनना सीखा है
कभी जो टूट जाऊँ, बिखर जाऊँ
तो वापिस उठकर खड़ा होना सीखा है
तुमसे जो दूर गये तो खुद के करीब आना सीखा है।
बदलते हालातों के साथ खुद को ढालना सीखा है
खराब वक़्त में मुस्कुराना सीखा है
कभी जो थक जाऊँ तो खुद को हौसला देना सीखा है
तुमसे जो दूर गये तो खुद के करीब आना सीखा है।
आईने में देखकर खुदको सँवारना सीखा है
जिंदगी में हुए हादसों से खुद को निखारना सीखा है
अपनों के साथ थोड़ा वक्त बिताना सीखा है
तुमसे जो दूर गये तो खुद के करीब आना सीखा है।

मुझे पलट कर मत देखना

मैं किसी और का हो चुका हूँ, अब मुझे पलट कर मत देखना
उन खोखले वादों को टटोल कर मत देखना
मैं किसी और का हो चुका हूँ, अब मुझे पलट कर मत देखना।
मुझे फिर से बीच रास्ते मे पुकारकर मत देखना
मेरे प्यार को फिर आजमा कर मत देखना
मैं किसी और का हो चुका हूँ,
अब मुझे पलट कर मत देखना।
उन दीवारों पर अब प्यार की निशानियाँ बनाकर मत देखना
उस किताब के पन्नों को पलट कर मत देखना
मैं किसी और का हो चुका हूँ,
अब मुझे पलट कर मत देखना।
अब इन निगाहों में अपने लिए बेतहाशा मोहब्बत मत ढूढ़ना
अब इस बरसात में भीगने के लिए किसी साथी को मत ढूढ़ना
मैं किसी और का हो चुका हूँ,
अब मुझे पलट कर मत देखना।
अब मुझे मेरे सपनों में आकर मत मिलना
जो रह गयी थी बची कुची कसर उसे पूरा करके मत देखना
मैं किसी और का हो चुका हूँ, अब मुझे पलट कर मत देखना।
कभी जो मेरे हाथ पर अपना नाम लिखा था

उस नाम को अब वापिस मत लिखना,

अब मेरे प्यार को अपने प्यार के साथ तोलकर मत देखना,

मैं किसी और का हो चुका हूँ, अब मुझे पलट कर मत देखना।

ABOUT THE AUTHOR

वैसे तो मेरा नाम श्रेया कोश्यारी है पर मैं चाहती हूँ कि लोग मुझे श्रेया "जैक" कोश्यारी के नाम से जानें, और ये मैं इसलिए चाहती हूँ क्योंकि "जैक" मेरे सबसे अजीज दोस्त, मेरी जिंदगी के एक अमूल्य इंसान यानी की मेरे भाई का पेन नेम है, जो कि मेरे लिए अनंत प्रेरणा का स्रोत है।

अब कुछ मेरे बारे में बता दूँ।

मेरा जन्म उत्तर प्रदेश के बरेली जिला में हुआ।

यह मेरे द्वारा लिखी गयी मेरी ज़िंदगी की पहली किताब है जिसमें मैंने अपने दिल से निकले कुछ शब्दों को अंकित किया है। यह किताब हर उस इंसान से तालुक्कात बनाती है जिसने कभी न कभी अपनी ज़िंदगी में मोहब्बत की है।

आशा करती हूँ कि मेरी पहली किताब आप सभी की ज़िंदगी के रंगों के साथ रम पाएगी।

www.ingramcontent.com/pod-product-compliance
Ingram Content Group UK Ltd.
Pitfield, Milton Keynes, MK11 3LW, UK
UKHW042002190726
13854UKWH00005B/2117

9 788194 504474